ВАЛЕРИЙ СКОБЛО

ОТПЛЫТИЕ

Litsvet

Издательство «Litsvet»

2022

DEPARTURE

ОТПЛЫТИЕ

стихотворения

ISBN 978-1-387-53296-4

Published in Canada

Валерий Скобло

Поэт, прозаик, публицист. Член Союза писателей Санкт-Петербурга.

Родился в Ленинграде. Окончил матмех ЛГУ. Работал научным сотрудником в НИИ Ленинграда-Петербурга.

Сборники стихов «Взгляд в темноту» (1992), «Записки вашего современника» (2011), «О воде и воле» (2015), «За тайной печатью» (2017).

Стихи, проза, публицистика публиковались в российской и зарубежной (Англия, Беларусь, Болгария, Германия, Дания, Израиль, Ирландия, Канада, Казахстан, США, Украина, Финляндия, Франция, Эстония и др.) литературной периодике.

Лауреат премии им. Анны Ахматовой (М., 2012), финалист международных конкурсов стихотворного перевода «С севера на восток» (Хельсинки, 2013 и 2016), дипломант литературной премии им. А.А. Ахматовой (СПб, 2015), 4-е место читательского рейтинга Журнального Зала за 2019 г. (поэзия), шорт-лист международной литературной премии им. Э. Хемингуэя за 2019 г. (номинация «Публицистика», журнал «Новый свет», Канада), лауреат международной литературной премии им. Э. Хемингуэя за 2020 г. (номинация «Поэзия», журнал «Новый свет», Канада), шорт-лист международного литературного конкурса «Преодоление» за 2021 г. (номинация «Поэзия», Беларусь), лауреат журнала «Чайка» за 2021 г. (номинация «Поэзия», США)

В пятый сборник вошли стихи 2017-2022 гг., публиковавшиеся в журналах «Артикль», «Звезда», «Интерпоэзия», «Крещатик», «Нева», «Новый журнал», «Новый Свет», «Слово-Word», «Урал», «Homo legens» и многих других, а также не публиковавшиеся ранее произведения.

1

ПО ЛЮБВИ И ПО ВЕРЕ

* * *

И Гегеля с Кантом, и Фихте, и Конта в придачу,
Поскольку не книжник я... (в смысле, что не фарисей),
Отдам за полтинник. Отдам и притом не заплачу,
Поскольку известен мне смысл философии всей.

Как скуден улов вековых размышлений в итоге.
И надо ли плакать, когда предаются огню
Все мысли о Вечном, о небе, душе или Боге?
Я, если признаться, их тоже не очень ценю.

И где-то в душе — я зелот или даже сикарий.
Взрезая кинжалом мильоны небесных тенёт,
Бежать из Масады в Кирену... О, этот сценарий!..
А дальше по списку... Куда уж судьба занесет.

* * *

Жизнь состоит из таких мелочей, пустяков,
Что не сводима ни к описанию, ни к пересказу.
Вот почему, например, человек этот есть, как таков?
От объяснений откажемся резко, решительно, сразу.

Может, ему в детстве левый ботиночек жал,
Вот он и вырос каким-то полным и жутким уродом.
Так что, обидевшись, выхватил острый, как бритва, кинжал
И порешил всех обидчиков, их покрошив пред народом.

Что же — защитник про левый ботинок скажи —
Враз засмеют — ведь, если посмеет, то робко... несмело...
Вместо того, чтобы в голос кричать: я скажу не по лжи —
В детском левом ботиночке... в ботинке все именно дело!

* * *

Мировому Духу, летящему сквозь наши тела,
Ни добра, ни зла причинить попросту невозможно.
Вездесущ, неуязвим. Что ему все наши дела? —
Нечто вроде легчайшей ряби — скажу осторожно.

А если прямо и без экивоков, как говорится, в лоб,
То никаких ведь «нас» и не существует для Духа.
Представишь Его — и по телу легкий такой озноб...
Что, по сравнению с ним, наша с тобою житуха?

Веет, где нравится, не выбирает проезжих трасс,
Нет для него никаких преград, препятствий, а, впрочем,
Иногда на мгновенье зачем-то вселяется в нас,
И тогда-то, мой друг, мы такое с тобой бормочем...

СПРАВЕДЛИВОСТЬ

Справедливым судом не суди нас,
Ибо что есть такое она?
Посмотри — в ро́злив вот и на вынос...
Не испить эту чашу до дна.

Лишь о ней только речь заходила,
На земле кровь рекою лилась,
А когда рядом с ней власть и сила...
Вот уж тут она правила всласть.

Нет, не справиться с этакой ношей,
Неподвластна нам суть бытия.
Никакой — ни плохой, ни хорошей —
Не хочу справедливости я.

Милосердного жажду суда я —
Как прожить эту жизнь не греша?
Не хочу, чтобы вечно страдая
Хоть одна изнывала душа.

А молитвы, что к небу возносим,
Ты развей, точно пепел и дым...
Ибо сами не знаем, что просим,
И о чем мы с Тобой говорим.

* * *

Я был третьим, четвертым... десятым в строю...
Как о том повествуют былины.
Я теперь обелиском чугунным стою
И с цветами у ног — в годовщины.

Когда будущий маршал шел мимо солдат
И отсчитывал выпавший номер,
Я не помнил, за мною Москва... Ленинград...
Или тут же застрелен и помер.

И когда он стрелял прямо в грудь или лоб,
Не дрожала рука генерала,
Не его бил в строю злой предсмертный озноб —
Это часть в лихорадке дрожала.

Да, мы дрогнули... да, отступили тогда,
Но в атаку не он вел тогда нас.
С трехлинейкой на танки — вот наша страда —
И патронами — пригоршней на нос.

Ни к кому не предъявишь посмертный свой иск,
Чохом списаны все наши беды.
Павшим смертью одною — один обелиск...
И цветочки в ногах — в день Победы.

* * *

Даже с таким, выживающим из ума,
Опустившимся от безверия и отчаянья,
Говори, не отдавай меня задарма,
Читай нотации, делай мне замечания

О том, что свет, мол, надо гасить за собой,
Газ под чайником не забудь выключать, как по нотам.
Дверь открывай на звонок совсем не любой,
Всегда звонящего спрашивай много раз: Кто там?

Буду и я переспрашивать сотни раз
С идиотской улыбкой, просительной и несмелой.
Если увидишь в глазочке двери мой глаз,
Похвали со словами: Так, мол, всегда и делай.

Надо терпеть и такого вот старика,
Вряд ли нужного кому-то еще на свете, кроме
Тебя. Но поскольку здесь началась строка,
Не поймешь, кому это я... один в этом доме.

* * *

Да, я — часть трудового народа.
Может, даже — не худшая часть.
Это чувство во мне год от года
Укреплялось всегда, не таясь.

Да, я — сын трудового народа.
Ну, не лучший, наверное, из них.
К мыслям этим... подобного рода
Негативный оттенок возник

У властей со времен Хаммурапи
До теперешних всяких властей.
Любят в дурке, на зоне, этапе
Безответных и сирых детей.

Как им пасынок люб одинокий
Вне связующих нитей... корней...
Щедро сыпали длинные сроки —
С ним, таким, управляться верней.

И поэтому мне так понятна
Страсть запачкать всех в общей вине,
Эти белые... черные пятна
В историческом их полотне.

Даже будь я цыган или немец,
А евреем и так был всегда,
Не страдал бы, что я отщепенец...
Муравейник... ватага... орда.

* * *

Я родился под знаком прошедшей жестокой войны,
Вырастал я под знаком последней войны — предстоящей.
Был и сам я, и страхи мои никому не нужны —
Не нужны они жизни — жестокой, суровой, кипящей.

Настоящие люди потребны таким временам,
И о них новый Кампов напишет большие полотна.
Я всегда доверял своим детским безжалостным снам,
В коих вымысел с правдой внахлест были пригнаны плотно.

Было в воздухе явственно слышно дрожанье струны
Во дворовом колодце, под питерским солнцем согретом.
Слабаки не бывают воспеты на кромке войны,
Не бывают, поверьте — кому они на фиг нужны?
Или все же бывают?.. Ответьте, кто знает об этом.

* * *

Сам из себя страшненький, непонятное говорил,
Настырничал в части супружества... был, по сути, сатиром,
И когда появился красавчик, то просто не было сил
Устоять перед шикарнейшим гвардейским его мундиром.

Ну и что? Так принято... все одобрили эту связь.
Мы — культурные люди в чем-то... не об пол же бить тарелкой?
Но пошло все как-то не так, как должно... как и шло отродясь,
И закончилось все безобразной дракой и перестрелкой.

По этому поводу президентский вышел Указ:
Усилить прокуратуру, ослабить права адвокатов.
Поскольку за оборотом оружия нужен глаз да глаз,
Национальной гвардии ужесточить контроль травматов.

...Зато перед смертью вел себя без особых затей,
Даже, можно сказать, на удивление тихо и мило:
Исповедывался... приобщился... и благословил детей...
Так что, в конечном-то счете, она ему все и простила.

* * *

...написати книгы си ис коуриловице...

Не к ночи помяну — Упырь Лихой —
Совсем не то, что мнится по созвучию.
Глаголицей писал такой-сякой,
Но кровь не пил, не мучил всех по случаю,

И не пугал из-за угла детей,
Не обряжался по ночам покойником,
Он с дуба не свистел, как Соловей,
И, прямо скажем, не был он разбойником.

Не резал бедных путников, поймав,
Имел он больше дело все с бумагою.
Был у него, возможно, буйный нрав,
Но баловался, разве, пенной брагою

И то навряд ли. Вспомним, наконец:
Не мог он облика иметь уродского,
Поскольку был священник и писец.
И был заказ от князя новгородского.

Да, дело не шутейное... не зря:
Пророков переписывал с глаголицы.
Он с мая просидел до декабря,
На шаг не выходил из-за околицы.

Все это время строился собор,
Но, несмотря на крики и ругательства,
Он буковки друг к другу на подбор
Прикладывал, презрев все обстоятельства.

Я про бумагу ляпнул второпях,
Какая там бумага? — все пергаменты.
И сделал он приписку на полях
Сам о себе — загадочны орнаменты

Сей надписи. Поди теперь гадай,
С чего на что переводил?.. Разгадывай.
На лицевую сторону смотри... за край —
Не справиться тебе с работой адовой.

Старался... выбивался он из сил...
Какое дело Упырю доверено!
Владимир Ярославич заходил
Взглянуть: работа движется, как велено?

Сам Ярослава Мудрого сынок!..
Упырь доволен в целом был житухою.
Ни нож не брал он в руки, ни клинок...
...С такой-то основательной кликухою.

* * *

Этим летом, читая Толстого,
Обстоятельный плотный рассказ
Про Каренину, Левина... снова
И в последний, наверное, раз,
Не скучал, увязая в интриге,
Замечая умышленный ход
В этой пухлой зачитанной книге,
Где простой работящий народ
Научить может многому... даже
И не брюху служить, а душе —
У Толстого, конечно же, глаже,
Не такое простое клише.
Еще истин взыскует он в споре
И не полностью с прошлым порвал...
А когда обретает их вскоре —
«Воскресение»... полный провал.
Впрочем, что мне красавица Анна?
Я бы вряд ли влюбился в нее...
И, пожалуй, пусть выглядит странно,
Но не тянет на это питье.
Повезло с этим томом Толстого:
Растворяться и слышать мотив
Судеб, счастья и горя людского,
Даже самый малейший извив.
Не касаясь высоких материй,
До которых и дела мне нет...
Судеб мира, крушенья империй...
Фантастический этот сюжет.

* * *

Дальнего умысла не было у меня.
Кто я такой, чтобы подкапываться под?..
Прожил всю жизнь я, голову чуть накреня,
Пару... пять лет мне зачитывалось за год.

Голову наклоня, вглядывался назад,
Жизни своей оправданья не находя.
Ниже бессмыслицы ее скользя и над
Смыслом ее, промелькнувшим рядом, гудя.

* * *

Несколько слов я хотел бы сказать напоследок
Не для дачных соседей... даже не для соседок.
И не для теней, чей шепот все более внятен.
Не для лиц на стене из темных и светлых пятен,
Не призракам, нашу жизнь населяющим плотно,
Нет — птахам небесным, щебечущим беззаботно.
Кто, меня услышав, редкое верное слово
Передадут по кругу, повторяя все снова.

* * *

Утром в дождик спится хорошо на даче.
Думаешь спросонья: как и жить иначе?
Засыпая — слышу, просыпаясь — слышу:
Капли бьют с разбега в окна, стены, крышу,
Так и барабанят внятно, без запинки...
Ручеек струится резво по тропинке.
Яблони и сливы радуются влаге,
Им не надо радость доверять бумаге,
Им не надо горе переплавить в строки...
Сад совсем залили мутные потоки.
А в стекло стучится ласковое слово:
Умирать привычно, умирать не ново...
Ливень заливает горе бесшабашно.
...Умирать не ново, умирать не страшно.

* * *

Григория хочу воспеть Скуратова,
Лукьяныча — каким он ни слыви.
Пусть страшного... в крови... и волосатого,
Хоть лысого... но все-таки в крови.

Митрополита лично задушившего —
Да... было любо вспомнить самому.
Ох, всласть во время Грозного пожившего,
Да так, что позавидуешь ему.

Унутренних врагов топя и жаря их,
Весьма радел... и сам костьми полёг.
Вершил правеж он в видах Государевых,
И Волхов кровью целый месяц тек.

Мне кажется, такое нынче времечко:
Малютушку — его воспеть пора.
Пока тебя петух не клюнул в темечко,
Скуратову и Бельскому — ура!

В конце концов, измена — дело царево.
Велят — и об измене будем бдеть.
Кругом — враги, на горизонте — зарево,
Для Родины чего ж не порадеть?

А если что, кивнем на вдохновителя —
Мы скажем нынче, точно так, как встарь,
Что, мол, какие спросы с исполнителя —
Мол, так велел Великий Государь.

* * *

На щеках трехдневная щетина,
Явь ли перед взором?.. миражи?..
— Где же ты нажрался так, скотина?
По какому поводу? — скажи.

Это благоверная... супруга...
Обличает... Вот не тот момент.
— Что же мне достался за пьянчуга?
...Ох, сегодня я не оппонент.

Я лежу одетый на диване,
Но разут... Когда пришел домой?..
Как попал сюда?.. все, как в тумане.
Ну, не вспомнить... хоть ты волком вой.

Мы с Толяном так?.. — теперь пойми-ка —
Или Федька был на этот раз?..
Как она кричит!.. В башке от крика
Точно бомбы рвутся... Ну, атас.

Плохо мне и так... Чего ей надо?
Пользы от скандала — медный грош.
Что у баб за странная услада?..
Впрочем, скажем прямо: я хорош!

Проводы мы праздновали?.. встречу? —
Мысли бестолковы все... вразброс.
Вот приду в себя — и ей отвечу,
Но конкретно что — пока вопрос.

* * *

> *Вот — срок настал. Крылами бьет беда,*
> *И каждый день обиды*
>
> **Александр Блок**

Да, мы — угра... мордва и ямь, и чудь!
И чудь, — скажу я веско, — белоглазая.
Мы вылезем на свет когда-нибудь,
По закоулкам мира дальним лазая.

Еще мы — меря, мурома и весь,
Печера, пермь... и зимигола всякая.
Как удивим подлунный мир мы весь,
Коль явимся — и окая, и акая.

Забыл летголу... черемисов тож...
Про корсь забыл на грани сна и бдения.
В руках у нас преострый финский нож —
Сей угро-финский символ возрождения.

Мы явимся на общий пир, как тать,
С фитами, ижицами... даже с ятями.
Европу изумим — ни сесть, ни встать! —
Недюжинными нашими объятьями.

Пусть не зовут — мы явимся тотчас,
Своей повадкой удивив особою.
Нас — мириады... может быть. Но нас
Ты сунься счесть! Вот лично я не пробую.

Любого поскреби из нас, он — вор,
В том смысле — негодяи и мятежники,
Мошенники и плуты на подбор,
Мы сволочь белоглазая — подснежники.

Природа — сфинкс... Россия — Сфинкс...
                                    Вдвойне!
О сущего всего на свете бренности
Мы речь ведем. И все идет к войне —
Последней. Мировой. За наши ценности.

Мы всех зовем: идите на Урал!..
И за него. Там ждет вас Неизвестное
В количествах, что мир еще не знал...
Пусть сгинет Запад... общество бесчестное.

Да, ливы мы, литва и наровá.
Горят глаза от пыли и бессонницы.
Мы помолчим... К чему еще слова? —
За окнами чеканный топот конницы.

От кары не уйти вам в этот раз,
Нас довели до белого каления.
Нам голос был... И Блок нам не указ,
Схватить кого... казнить без промедления.

Мы рождены... сказать я не горазд —
Для звуков сладких и молитв без ропота.
Возьми любого — он за грош продаст,
Мы за ценой не гонимся особо-то.

* * *

Даже тех немногих подруг,
        что послал мне Бог,
Не обижать старался,
        захотел бы — не смог.

Это такая данность,
        и хвалить здесь за что?
Но не дарил колье им
        или, скажем, манто.

Не столько по скупости,
        сколько был нищ и гол...
Вспомню минувшее —
        ищет рука валидол.

Не потому, что горько
        или на сердце грусть.
А невозвратно как-то...
        Ладно, прошло и пусть.

Что мне девичья память?
        Если на то пошло,
Пусть вспоминают беззлобно...
        с улыбкой... светло.

* * *

Да, именно к звездам!
       Конечно. Куда же еще?
Чрез тернии и вопреки
       нашей тварной природе.
Там ангел с мечом возвещает,
       что вход воспрещен,
И всех непонятливых
       учит уму при народе.
Сей огненный меч и наводит
       на мысль про полет:
На огнь опираясь
       Земли превозмочь притяженье.
Кибальчич нам в помощь,
       и вы уж поверьте, что тот,
Кто понял все это... —
       подвластно такому движенье
В сплошной пустоте
       среди звезд равнодушных, увы!
Но важно лишь то,
       что тебе их сияние близко.
Ты смотришь на них,
       и тебе не сносить головы.
И мельком посмотрят ответно...
       О, взгляд василиска.
Да, к звездам и выше!
       Хотя и куда уже там?
Чего недобрал ты
       по норам Вселенной кротовым?
По этим забытым
       от дней сотворенья местам,
Что вздумал Господь показать
       своим странникам новым.

* * *

Проснулся рано, за окном темно,
И тихо так, что шевельнуться трудно.
Я не встаю, и в голове одно:
Что жив еще... и это так абсурдно.

Я думаю о всяких пустяках,
О том, как встану и пойду за хлебом.
О мною ненаписанных стихах
Под северным холодным низким небом.

О том, что к нам пришел большой мороз
И надо бы одеться потеплее.
Что мир грозит нам множеством угроз —
От (тсс!..) ИГИЛ до Северной Кореи.

О том, что все же не всесильно зло,
Но и добра большого в мире нету...
О том, что мне по сути повезло,
И некого благодарить за это.

КВАНТЫ ИСТОРИИ

Ван дер Люббе и Николаев, на взгляд из глубинки,
Это типа кванты исторического процесса.
Сами по себе ничтожнейшие пылинки,
А без них не закручивается вся пьеса.

Нет ни лейпцигского, ни московских судилищ,
Концлагерей, Гулага, Большого террора,
Вышинского, Геринга и прочих страшилищ...
Ну, нет даже и повода для разговора.

Не столкнутся Третий рейх и наши Советы,
Бомбу пиндосы не сбросят на Хиросиму...
Те же вопросы, другие совсем ответы:
Украину Маленков возвращает Крыму,

Блюхер Китай присоединяет к Сибири,
Штаты проваливаются в хляби и глуби...
И все это из-за ничтожных, как клопы в квартире,
Леонид Николаев и Маринус ван дер Люббе?

ДЕНЬ ОТПЛЫТИЯ

В день отплытия дул северо-западный — вот как!
В этот день было яблоку просто упасть негде.
Больше, чем втрое, подорожала тогда водка,
И глаза утомились от сияния меди.

В день отплытия орлица змею уронила...
Паруса отливали черным, блестели белым,
Посейдона неоспоримой казалась сила,
И отплытие наше — точно безумным делом.

Трепетал на ветру флаг беспокойного судна.
Обстоятельства наши так совпадали встречно,
Что калека и тот понимал, как это чудно:
Отплываешь в такие дни — будут помнить вечно.

В дни такие припомнят: были «народы моря»,
Всех богов попиравшие, вне всяких законов.
И немыслимым жарким слухам бездумно вторя,
Из бездонного моря ждут трехглавых драконов.

Вот времена какие в день отплытья настали,
Не удивил никого пляшущий столб из пыли.
Жили, не ведая пороха... пара и стали —
И, знаете, в общем, неплохо совсем мы жили.

Все же плыли туда, откуда приходят смерчи.
Что-то нас гнало... А, впрочем, все это — детали.
Что-то есть в жизни важнее свободы и смерти,
Важнее и жизни... поэтому отплывали.

Тут и запели в порту циркулярные пилы,
Взвизгнули девки, что вышли дивить нас нарядом.
Как говорят, мертвые покидали могилы,
Чтобы в нашу корму упереться слепым взглядом.

Дымом пахнуло... Но прошлое не было мило.
На берегу, за спиной загорелся кустарник.
А впереди восходило второе светило...
Я посмотрел на часы: сорок седьмое, втарник.

* * *

Приходить в себя я начал понемногу
Утром и в больнице. А вокруг Мир Божий.
За окном увидел стройку и дорогу.
Как это прекрасно, ощутил всей кожей.

Даже если в марте грязь и слякотища.
Если даже утро шепчет: либо — либо...
Ночь не стала вечной — будет день и пища,
Кашка, постный супчик — все одно: спасибо.

Злая санитарка, глупая Татьяна,
Я не пи́сал мимо: я постельный строго.
Как хорош Мир Божий, нету в нем изъяна...
Утекает мимо дальняя дорога.

Это пазл сложился только на исходе,
Только в тяжкой жизни позднем результате.
Мир прекрасен Божий... Я не плачу, вроде...
В нем одна прореха — это я в палате.

* * *

Лучше быть убитым, чем убивать самому,
Лучше — оклеветанным, чем писать наветы.
Впрочем, все это, скажу, тоже ведь — как кому.
Кто я такой, чтобы всем раздавать советы?

Следуя им не попадешь ты, конечно, в рай,
Поскольку нигде нет в мире такого места.
Мне совсем все равно — Огонь меня покарай —
Что говорит об этом предмете Авеста.

Я — зороастриец, люблю сидеть у костра.
Глядя в пламя, которое этому радо.
Сознающий, скажу с улыбкой, что мне пора
Проверить лично гипотезу рая-ада.

Я и парс, и гебр, и немножко совсем — еврей.
Я и стихийный огнепоклонник, пожалуй,
Перемешавший не один десяток идей,
Взявший из сотен гипотез по доле малой.

Это варево из противоречивых грез
Так бессистемно, что в чем-то по-детски мило.
А Зло неизбежно приходит на землю слез...
Но стараюсь, чтоб не чрез меня приходило.

* * *

Хранитель Вечности, Вселенной Столп великий,
О, Лев из львов, свою открывший гневно пасть,
О, Неизменный и обличьем Многоликий,
Всех Понуждающий к стопам своим припасть,

Перед которым все смыкают в страхе вежды,
О, Источающий необоримый страх
И Отнимающий последние надежды,
Кто я перед тобой? — да, прямо скажем, прах.

Я сломлен, брошен в грязь, стою перед могилой,
Но я могу, не разжимая губ и век,
Шептать тебе с необоримой страшной силой:
Быть проклятым тебе отныне и вовек!

* * *

Все родились на склоне лет
(Просил ли он? — о том ни слова)
После обрушившихся бед
И мыслей, что, быть может, снова...

Емима, Кассия, Керенгаппух —
Так звали дочерей Иова,
Их имена ласкают слух,
А более о них ни слова,

Кроме того, что с их красой,
Сравниться не могли другие.
Не книгу, но глаза закрой
На этом месте. Дорогие

Намеки тем и хороши,
Что для раздумий пищу множат.
Остановись и не спеши:
Намек, действительно, дороже

Всех прочих, тем... Себе представь
Мольбу отца: Всесильный Боже,
Прошу тебя — меня избавь
И от утраты этих тоже.

* * *

Нет!.. Нет!.. Еще раз — нет! Историю про Дину
Читать я не хочу... и слушать не могу.
А, впрочем, кто я есть? — сказать: вот то отрину,
А эту часть приму, хоть гни меня в дугу.

Кровавый путь пройти. Пусть внуки Исаака
Доверчивых мужчин из города Сихем
На части покрошат, чуть выступив из мрака,
И в этот мрак опять погрузятся совсем.

Мне чужды гнев их, пыл и ярость, и свирепость,
И более всего жестокость их чужда.
О, Господи, не мне за крепостью брать крепость,
И как мне не близка извечная вражда.

И гнев их проклят был Иаковом за дело,
На всех нас лег потом злой отблеск их огня...
И как-то это все не зря меня задело.
Какой-то есть намек... намек и для меня.

* * *

...между народами, смешанными в единомыслии зла
...от которых... осталась дымящаяся пустая земля
Книга Премудрости Соломона, 10, 5-7

Между народами, смешанными в единомыслии зла,
Напрасно затешутся два-три пророка, надежды оставив.
И нету ни знака такого, ни буквы такой, ни числа,
Которые могут придать убедительность силы словам их.

В бессилии руки вздымают, их лепет всем местным смешон,
А их обличенья пробудят лишь злость и тупую досаду...
Готов толпа лобызать без подсказки и царственный трон,
И след колесниц вечно бравых военных, готовых к параду.

Что могут пророки?.. Под шум однотонный, восторги толпы —
Что могут они напророчить? И сделать, что могут, тем паче?
Господние ангелы тут появись, не пробьют скорлупы,
В которой от века живут они... жить не желая иначе.

Так кем этот образ задуман и в чьем воплощенье возник,
И кем этот мир вдохновлен, на квадратики смысла расчерчен?
...Но все это важно пророкам ли, если пред взором у них
Пустая земля, над которой блуждают лишь пыльные смерчи?

ПЕСЕНКА ЖЕВУНОВ

От злой волшебницы Гингемы
Ужасно пострадали все мы:
И взрослые, и детвора...
Пора!.. Убить ее пора!

Мы будем жечь Гингему в печке,
Топить ее в ближайшей речке,
Еще такой сложился план:
Ее в кипящий бросить чан.

Рубить на части... в ров со львами...
Придумайте хоть что-то сами!
Давно убить ее пора
Во имя Света и Добра!

С Гингемою покончим сразу,
Раздавим домиком заразу —
И будет счастье жевунам:
Всем в одночасье — вам и нам.

Миг торжества приходит чудный:
Свободен город Изумрудный!..
Кому-то хочется до слез
Быть властелином царства Оз.

От злой волшебницы Бастинды...

ПОКОЯ НЕТ!..

> *...Степная кобылица*
> *Несется вскачь!..*
> **Александр Блок**

Не оставляет жизнь и по ночам в покое,
Поскольку нет его. Кобылка за окном
Несет — я повторить не смею... ну такое,
Что лучше б вскачь неслась — и не будила дом

Подробностями жизни личной. За щедроты
Спасибо ей... Как не порвет свою гортань?
А ейный жеребец в ответ бубнит: Ну, что ты?..
Чего ты взбеленилась, дура?.. Перестань!..

Какие страсти там кипят у них ночами,
Не знаю, право же... и знать не буду рад.
Потом к утру утихнут... позвенят ключами,
И оба в дом уйдут... и там уже молчат.

Не все события мне внятны, много странных,
Но я надеюсь, что созрев в своей норе,
Пойму тогда игру престолов иностранных
И тайный смысл ночных разборок во дворе.

КТО МЫ? ОТКУДА? КУДА ИДЕМ?

Из трех вопросов на два
          есть у меня ответы.
Они всем известны —
          сто раз перепеты.

Говоря не всерьез,
          в свою нехитрую силу:
Из — не скажу чего —
          прямиком в могилу.

Расписывать не стану
          ждущие нас хоромы.
А вот чего я не знаю,
                это кто мы?

Кто мы?.. И даже — кто я? —
          нет гипотез рабочих.
А это главный вопрос —
          важнее прочих.

И как к нему подойти,
          не представляю даже.
Такие драконы
          у него на страже.

Об этом молчит душа,
          гостья моя связная.
Не отвечает... молчит...
          Как быть, не знаю.

* * *

Сломать человека так легко, а что толку?
Сломать и разобрать... и положить на полку.
Он на полке лежит себе смирно и тихо,
Есть не просит, не гадит, не замыслит лихо,
Никаких прав и свобод не требует, бедный,
Для всяческих властей совершенно безвредный,
Но пользы от него — ноль целых, ноль десятых —
Что с одного, что с таких же — всех вместе взятых.
Не потребляет, но ничего совершенно
Не производит... Ждет указаний, наверно.
А так сломать, чтоб искра божия осталась —
Ну не придумали пока... Экая жалость.

* * *

Что ты хочешь сказать?..
        Для чего тебе это прощанье?
Непроглядна судьба,
        сохраненная втуне и втайне.

Неразборчива мысль...
        Доверяешь лишь слуху и глазу.
Входишь в синхротоннель
        на конце узнаваемый сразу.
....

Я бы маме сказал:
        Не печалься, родная!.. ну что ты?
Завтра Сталин умрет,
        и отца не уволят с работы.

Я бы папе сказал:
        Ну, помрет... и такого же сорта
Верных ленинцев этих...
        поверь, не иссякнет когорта.

Я бы обнял обоих...
            Из тех возвратился я далей,
Что представить нельзя...
        Без наград — орденов и медалей.

Нет, одна все же есть:
            300-летье Российского флота.
За нее полагается
                тоже какая-то льгота.

Это март... Все на ниточке
                тонкой как будто повисло.
Я один вам открою
                все тайные сроки и числа.

Дурачок-шестилетка
                пророчу счастливую старость,
А глаза отвожу:
                знаю, сколько вам жизни осталось.

Еще нет парового...
                Сияет слюда в керосинке...
...Разбивается память
                на тонкие острые льдинки.

2

ДОБЫВАТЕЛЬ ВОЗДУХА

* * *

Нам нравится мосье Рахметов:
Спит на гвоздях он, точно йог.
Весь — как герой смешных куплетов.
Любой из нас бы так же смог.

Лютует русская цензура...
Предшественник романа «Мать»
И поцелуя без лямура
Девицам не велит давать.

Да... разночинная закваска,
И автор — форменный боец.
Там дом свиданий — просто сказка:
Хрустальный — помните? — дворец.

Но это — лишь всего зачаток...
И пусть там мыслей не обвал,
Всех нас он ото лба до пяток,
Как Ильича, перепахал.

* * *

Приоткрой хоть кусочек пейзажа...
Ведь не райские кущи? — скажи.
Ведь не адская черная сажа,
Не котлы и угрюмая стража
И прохладной воды миражи?

Не багровые всполохи света,
Слабых столь устрашающий вздор?
Хорошо... даже если не это —
Но не вечное, право же, лето,
Не тоскливый же праведных хор?

Мой вопрос не по чину неистов,
И ответа не жду на него...
Есть, наверно, для нас, нигилистов,
Для пропащих совсем атеистов
Что-то вроде... А вроде чего?

ДОБЫВАТЕЛЬ ВОЗДУХА

Я — добыватель воздуха. На календаре
Меня изобразят не в пещере, не в норе,
Но и не парящим среди туч и облаков:
Желающих брякнуться нету здесь дураков.
Нет-нет, с мешком нарисуют меня среди скал:
Козлы и барсы... мой почти звериный оскал,
Я горный воздух в мешок загоняю рукой.
В горах, между нами, такой неземной покой,
Что и бесплатно сутками я бродил бы там —
По этим диким и малодоступным местам,
Где козлы бодают барсов, а барсы гоняют козлов,
Зато нет человечьих гордиевых узлов,
Что меч не берет и ядерный боеприпас,
Так что прыгай с камня на камень как горный барс,
Как козел... Жена говорит: ты и есть козел.
Не вступаю в спор, не держусь за ее подол.
Добыватель воздуха — это большая честь,
Нету большей в мире... бо́льшую мне и не снесть.
И по этой части я дока, со мной не спорь!..
Продаю я воздух, что лечит любую хворь.
За такие деньги... вам не приснится вовек...
Добыватель воздуха.
        Такой уж, поверьте мне, я человек.

* * *

Не о легкой смерти, не о ней —
Полной смысла... Смерть ведь и такою
Может быть... Казни меня сильней...
Уходя со смертною тоскою,
Оставляя все свои дела —
Малые... большие... никакие...
Хочется поверить, что была
Цель ее... Что были и такие
Легкие судьбы моей шаги,
Ведшие за край всего земного.
От того, что видишь, не беги:
Как от камня, по воде круги...
Ты взыскуешь смысла? Нет иного.

* * *

Я гордился всем тем, чем гордились все,
Не боялся войны и крови.
Да, таким я был... и во всей красе.
Впрочем, есть мне, что вспомнить кроме...

Не жалел тогда себя самого
И других... Да был прост — чего там.
Правды тут — на грошик медный всего...
Как смешно теперь доброхотам.

Жил, признаться честно, будто во сне.
Это было со мною... с нами.
Но не только это было во мне,
Как мне кажется... Временами.

* * *

Нам вместе с Гоголем нравится очень любое шитье,
Он шил по-серьезному, а я — всякую мелочевку,
Он жилетку мог запросто сшить, а я латаю старье,
Оба не слушаем родственников издевку.

Это почти медитация, все дела в дальний угол мы шлем.
(Впрочем, и здесь на похвалы бываем нередко падки.)
Это такая удача ведь — думать о чем-то своем,
Когда внукам на брюки ты ставишь заплатки.

Весел с утра ты сегодня... иголка сверкает в руках,
Нитка за нею струится сквозь ткань бытия послушно.
Радость какая все же — каждый удачный стежок и взмах...
Господи... как в вашей все-таки жизни душно!

Только шитье и отвлекает от всяческой суеты,
Но ненадолго, жизнь никогда не замедлит с расправой...
Но хоть какое подспорье... Ответь мне, а как же там ты...
Как ты можешь прожить без шитья?.. Боже правый!

* * *

В 70 лет понимаешь, что жизнь прошла.
В 75 — не понимаешь этого даже.
Все, что горело, сгорело почти дотла,
Все, что пропало... Кого обвинишь в пропаже?

То ли мы, наконец, оставляем грехи,
То ли они нас, презрев, оставляют в покое.
Много всякой премудрости и чепухи
Переполняет... Да что же это такое!?

Ну, хорошо... Есть все же и плюсы зато:
Не отвлекаясь ни на женщин, ни на попойки,
Время потратить... Господи, знать бы на что,
Более важное, чем куролесить в койке?

Или на курево, водку... Нету на них
Здоровья, желания... Только не о морали
Мозги мне пудри. Ведь я не последний псих.
Так припечатаем: вот, мол, скопец в серале.

Впрочем, честно сказать, вовсе не потому,
Что силы оставили... Да, пусть и это тоже...
Главное то, что открылось сердцу... уму...
Нет, не открылось... Скорее, что душу гложет.

* * *

Все чаще в суете и смуте дня
Я ощущаю, не докончив фразу,
Как время протекает сквозь меня,
Как я сквозь время... обмирая сразу.

Я застываю, это ощутив,
И улыбаюсь без причин и цели.
И все это под легонький мотив
Чуть внятный, и знакомый еле-еле.

Какое счастье — и уйти вот так,
Уже готовым к мигу перехода...
Надеяться хочу, что это знак —
И нет причин для страха и разброда.

Прислушайся к себе: и ты готов.
Пылинка пляшет в светоносной ткани,
Согласная стать светом и без слов
Шагнуть за грань... и не заметив грани.

* * *

Я уже пережил Сократа —
Непредвиденный поворот.
Нам по 70 лет на брата,
Мне чуть больше... И вот, и вот...

Я чуть старше, но не мудрее,
Весь мой ум — за его же счет.
Чуть умнее мы все, по идее,
На почти две тыщи пятьсот.

Записал — и мне стало легче...
Не умножив добро стократ,
Сброшу все, что давит на плечи...
Скоро встретимся, друг Сократ.

* * *

Жизнь проходит вне плана и графика.
Это правильно? — Да или нет?
В новостях вдруг — Центральная Африка,
Я не слышал о ней 30 лет.

И тогда людоедские новости
Не затмили в глазах белый свет.
Если честно сказать и по совести,
Каждый третий — в душе людоед.

Частных армий расклад? — Фиолетово!
Как грибы ЧВК пусть растут.
Но мне как-то совсем не до этого —
Пруд пруди этих Вагнеров тут.

Существо в телевизоре мекало
Про какой-то железный вещдок...
Я взгляну в запотевшее зеркало —
По спине пробежит холодок.

* * *

После ветра и ливня ночного
Отключились и свет, и вода.
Но, привыкнув, не ждали иного:
Так и было всегда... ерунда.

Хорошо, хоть к утру посветлело,
Да и ветер утих и угас.
Моросило, но — ясное дело —
Не потоп в этот раз... Не сейчас.

Как же мы привыкаем к отсрочкам,
И напрасно надежду таим...
Приглядись чуть внимательней к строчкам,
К этим мыслям наивным моим.

* * *

Что-то даст, что-то точно отнимет,
То вернет вдруг, что отнял, с лихвой.
Что же скрыто в дарах и под ними?
Вот и думай своей головой.

Без намека на смысл и причину...
Ты приемлешь и пищу и кров,
Ожидая, как выстрела в спину,
Для тебя неоплатных даров —

Неподъемных... уже запоздалых...
И про них ведь не скажешь: курьез,
Даже самых простейших и малых —
И про них, доводящих до слез.

Это все так понятно... знакомо...
Повторил я в какой уже раз,
Выйдя за полночь летом из дома
В мрак кромешный... хоть выколи глаз.

* * *

Нет бога и черта — скажу и не струшу.
Отсутствует рай, душа, благодать...
Но богу вполне посвятить можно душу,
А дьяволу можно ее продать.

И все это так для меня очевидно
(Мудрости в этом — на ломаный грош),
Что ваше презрение мне не обидно:
Спор этот глуп, да и сам я хорош.

Но если и нету чего в нашем свете,
Не значит, что так и для всех миров.
Дело не в принципиальном запрете,
Где-то, быть может, не так мир суров.

А где-то, быть может, устроен он круче:
Яркий, звенящий, разумный, большой...
Гляжу на плывущие по небу тучи
И думаю, что же мне делать с душой?

* * *

Думаю, сам я — не маленький человек,
И Акакий Акакиевич симпатичен мне не очень.
Вот и Ной не брал таких с собою в ковчег,
Хотя посадил без счета кошек, собак и тварей прочих.

Жалость?.. Но с подозрением к ней относясь,
Не отпускаю на счет сей совсем уже пошлые шутки.
Есть какая-то неуловимая связь
Между мельчайшим чиновником и полицейским из будки.

Вышел я вовсе не из шинельки... отнюдь.
Что мне теперь-то она в убеленных сединами летах?
Стань отщепенцем — и тогда жалким не будь.
Выхода нету — ищи утешенья в библейских сюжетах.

Не утратил еще ощущенье пути,
Пусть и покажется на какой-то момент: песенка спета.
Жизнь — это опыт известно чего... прости!..
Гоголь с жалостью улыбнется мне из-под стекла с портрета.

* * *

Я — еврей... атеист... Не заключал Завета.
Чувством вины и раскаянья не томим.
Я — не Рыцарь Мрака и не Воин Света,
И не пытаюсь уподобиться им.

Моисей... Иисус очень мне симпатичны.
Ну и что это доказывает? — скажи.
Миражи так прекрасны и фееричны,
Но они — всего только лишь миражи.

Не наблюдая в мире такого субъекта,
Не пытаюсь ни с кем заключать Договор...
Иногда мне кажется, что все мы — секта
Упрямо не видящих правду в упор.

* * *

На исходе осень. Заперли мы дачу.
Перекрыли воду. Смазали замки.
Что копилось летом, я сейчас потрачу —
Мне болтать в июле было не с руки.

Прощевайте, сосны, и рябинки тоже,
Сердце надрывать я не большой мастак.
Знаете, на что так все это похоже? —
На прощанье с жизнью. Может быть, и так.

Мы последних яблок с яблонь посшибали.
Потемнело рано, так к часам шести.
Мне шепнул орешник в спину без печали:
Вряд ли ты вернешься. Что ж, прощай-прости.

* * *

Сколько раз говорили они,
И кидались богам своим в ноги:
Наступают последние дни!..
Не пришли эти дни — видят боги.

А особенно нравилось им
Приурочивать дни эти к датам
И, особенно, круглым. Храним
Этот опыт... так ставший богатым

За столетья и тысячи лет.
Тьма курьезов в злокозненной теме.
Почему несчастливый билет
Тянем мы в десятичной системе?

То есть тысячный год... и потом...
Что таит этот нолик такого?
Вот стою я с разинутым ртом:
Подвести невозможно итога.

С глаз долой этот зыбкий мираж!
Как бы ни было в мире непрочно,
Про последние дни — это блажь.
Не наступят они — это точно.

* * *

Пожелай, просыпаясь, всем удачного дна.
Чтобы снизу вообще стучать перестали.
Если видишь, перед тобой глухая стена,
Не лезь на нее. Ты что — человек из стали?

Иди вдоль нее. Не бейся в нее головой.
Если снизу стучат, в пол не стучи ответно.
В этом мире, если хочешь остаться живой,
Веди себя очень тихо и неприметно.

Заведи ребятишек. Воспитай, как волчат.
Относись к доброте, как случайному чуду.
Главное. Сообрази: если снизу стучат,
Значит, всюду есть жизнь. Понимаешь ты: Всюду.

* * *

Не терзаюсь всесилием тьмы,
Неохватностью разумом мрака.
Даже лучшие в мире умы
Отступали... А я-то уж всяко

Этот мнимый и страшный тупик
Не пытаюсь рассматривать в споре.
Что уж мне обсуждать? — Я старик,
Мне откроется истина вскоре.

Но уйду, эту тайну храня.
Не поведать о ней эсэмэской...
Так что вы уж простите меня
По причине достаточно веской.

Отдаляются дом и друзья.
Так должно быть...
            в конечном-то счете.
Укрепляется стойкость моя
Лишь в страданиях духа и плоти.

Нет, не верует в силу клинка
Ненадежный и шаткий мой разум —
Только в то, что не сломлен пока
И ничем никому не обязан.

* * *

Не нужен цирк тому,
Кто отслужил без лени.
Что клоуны ему...
Прыжки их на арене?

Порубят Бом и Бим
Себя пусть на жаркое...
Он, старшиной храним,
Видал и не такое.

Ему, что хошь кричи —
Что крики и проказы?
Он вскакивал в ночи
Под крик истошный: Газы!

...Вот клоуны на «бис»,
Как черти из пробирки...
Угрюмо смотрит вниз
И не смеется в цирке.

* * *

Много-много белой ваты
       напихали между окон,
И стаканчики с, бог знает,
         чем поставили туда.
А еще — меня постригли,
      сохранился светлый локон.
У меня таких кудряшек,
      нет, не будет никогда.

А еще — помре Иосиф
     той зимой, к весне поближе.
Не дождались нас бараки,
       эшелон ушел пустой.
Я был медной яркой ручки
      на двери немного ниже,
И открыть не мог задвижки...
      Шел мне год тогда шестой.

С той поры уж две шестерки
      мимо окон простучало.
Да, других, конечно, окон,
      но за ними тот же мрак.
Улыбнулся, глядя в угол,
      будто видел горя мало...
Тихо-тихо дверцы шкафа
      вдруг открылись. Просто так.

* * *

Из всех загадок осталась только одна:
Где, как, когда и от чего все же конкретно?
Любая разгадка мало, на что годна,
И прозорливых что-то совсем не заметно.

Столько вокруг слабой правды и явной лжи,
Всё разгуляться на этой ниве готово.
Хоть ты воображенье свое придержи,
Останови готовое вырваться слово.

Думаешь, вырвался ты из общих рядов?
Лучше прочих тебя осенила идея?
Что ты узрел во мраке арктических льдов,
Вглядываясь во тьму... надеясь...
                    от предчувствия холодея.

* * *

В шестидесятые не было дезодорантов,
Редки были частные автомобили,
У Конституции не было даже гарантов,
А мы благоухали и как-то жили.

Не было вовсе ни мобильных, ни персоналок,
Документ нельзя написать было в Word'е,
Отдельных квартир было меньше, чем коммуналок,
И в чужом дворе получали по морде.

В Ленинграде не было напрочь тогда прокладок,
Ни рекламы их... ни вообще рекламы.
Девчонки были красивы, и сахар был сладок,
У ровесников — живы папы и мамы.

Я комсомольцем был... до этого пионером,
Такими были все кругом поголовно.
Так вот и жили... таким вот и жили манером.
Счастье?.. Не знаю. Так ведь оно условно.

Трава зеленее, и солнце светило ярче.
Люди добрее, много умнее книжки...
Рыбка спросила бы: Что тебе надобно, старче?
Хочешь назад?.. — Ни за какие коврижки.

* * *

Когда же я плакал в последний раз?..
Я вспомнить пытался — и не смог.
Отверг я сладостность жалких фраз,
И сердце запер на крепкий замок.

Да, слез не стало в глазах. Совсем.
Источник засыпал песок и прах.
Пытаюсь избегнуть печальных тем
В разговорах, правда... не в стихах.

Постыдно иссохнуть... пожалуй, да.
Но можно мыслить и как-то так:
Слезы — не более чем вода...
И кровью исходит сердце — пустяк.

* * *

За широкой пазухой Творца
Пропадает ли существенное что-то?
Сей вопрос — он как для мудреца,
Так и для, простите, идиота.

Выстроившись в невеселый ряд,
Очереди ждут своей таланты.
Рукописи, право же, горят,
И пылают жарко фолианты.

Для огня нет явственных препон.
Все горит под крики «бис» и «браво».
Видел бы Булгаков... Впрочем, он
Мнения не изменил бы, право.

И его пример... Да что уж там?
В мире нет препятствий тьме и свету.
Палец не прикладывай к устам:
Здесь особой тайны вовсе нету.

* * *

Грипп... или скажем, как участковый напишет, ОРВИ.
В самом начале. Как эти мгновения сладки.
Вирусы, без препятствий расплодившись в крови,
Носятся, как угорелые. Тебя трясет в лихорадке.

И под тремя одеялами не согреться никак.
Как состояние это назвать? — Лихоманка?
Надо же... Сладко тебе оно было, чудак.
В детстве болезнь называлась чудно и нелепо: испанка.

Что тебе чудится в жарком, точно парилка, бреду?
Свалка у выхода... школьная потная драка?
Весь разговор этот, знаешь, к чему я веду:
Кажется, детство вернулось?

                                 Оно не вернулось, однако.

* * *

Ношу значок со статуей Аполлона
(Мужичок с писькой — как говорил мой внук).
Для меня он не то, чтобы был икона.
Это типа такой старый верный друг.

Но совсем не влиятельный, не при месте.
Я не знаю, право, какой с него прок?
И хотя в кабинет с ним заходим вместе,
Он никто для главреда — значок и значок.

Выхожу на дорогу, и он со мною.
Я один, и он совершенно один.
Неподвластны стуже, ливням и зною...
Чем-то связаны в пору лихих годин.

* * *

Австралия, Бразилия, Цейлон...
То бишь Шри-Ланка (и туда не худо) —
Туда, где примут, но отсюда вон,
Куда угодно — далее отсюда.

Согласны и на Кипр... Мадагаскар...
Пусть Новая Зеландия... Таити...
Но только не бессмысленный кошмар.
Отправьте нас туда, куда хотите.

От лжи привычной... нравственных потерь.
Ни на кого не затаю обиды.
Но только не когда-нибудь — теперь.
Пошлите хоть на Новые Гебриды.

А если что-то в ткани бытия
Вам не дает дожить свой век на Крите,
Губу упрямо закусив, как я,
В который раз, как я, перетерпите.

Из цикла «Моей бедной подруге»

* * *

Не кричи! Ну, пожалуйста, не кричи!
Ты — не грузчик, таскающий кирпичи
И матерящийся весь рабочий день.
Будь легкой, воздушной,
       бесшумной, как тень.
Будь скользящей, как утренний ветерок.
Нечего делать? — да испеки пирог.
Но не кричи по телефону... ни-ни.
Они там услышат и так — ну, пойми!
Там тоже телефонный есть аппарат.
Даже шепот услышат твой в аккурат.
По телефону и вздох слышно, поверь!
Не надо кричать — ты же не дикий зверь.
Если будешь кричать, я уйду к другой.
....
И ты обретешь в этом доме покой.

Из цикла «Моей бедной подруге»

* * *

Я ушел — и снова не выключил газ.
Пришел газовщик и геройски нас спас.
И, между нами, в какой уже раз.

Еще — уходя, краник не завернул.
Сантехник не дозвонился, взял отгул.
Ты пришла — по комнате плавал стул.

Утюг — это особенная беда.
Не выключил — оплавились провода.
Электрик — мне: Ты дебил навсегда.

В общем, как ни посмотришь: кругом враги.
Оставлять надолго меня не моги...
Как-нибудь ты уже там добеги.

* * *

Господь, сделай меня Твоей армии рядовым,
Спали этот мир небесным огнем... развей, как дым,
Но что-нибудь сделай, ибо Твое молчание
Приводит меня и прочих других в отчаянье.

В этом нет мудрости, смысл особый не заключен...
Я хочу быть замком, что Ты отпер Своим ключом
Запер зренье и слух — Тебе доверяюсь слепо....
И верую я, потому что это нелепо.

В это начали верить две тысячи лет назад,
Благими намереньями... дальше что-то про ад,
Но тут все зависит от глубины прочтения...
Мир так переполнен мерзостью запустения.

Подумай те, первые, что это все на века,
Да своими руками распяли бы чудака,
Что явился и обнадежил алчущих сдуру,
Забыв про презренную тварную их натуру.

Прав был великий Дарвин: именно, что от макак.
Посмотри на их игры, как мы похожи и как
Преуспели в развитии самых мерзких качеств...
Но это отвлекшись от всяких мелких чудачеств,

Что раз в столетие случается с кем-то из нас,
Типа того, что он и под пытками не предаст,
Добровольно взойдя на костер вместо другого,
...Это помимо идеи единого бога.

Господи, ты ведаешь, насколько я уязвим,
Отошли в толпу рассуждающих про ихний Крым,
Соглашусь, среди них распоследнего хуже я...
Но и там не вложи в мои руки оружия.

* * *

Край света, за которым, не ведаем, тьма ли
Или новый... конечный, как и эта строка.
Собственно, нас и сюда-то не очень звали
И взашей нас отсюда, надеемся мы, не гонят пока.

Новый свет... со своим небом, концом и краем,
И где все поднимать придется с начала... с нуля.
Это знанье неподъемно... а что мы знаем?
Может, наше явленье туда, как прибытие короля,

Обнесшего свое королевство стеною
И сбежавшего, остановив дыханье в груди...
Оставившего гаснущий свет за спиною
И встречающего разгорающийся — там... впереди.

РАССКАЗ ПАЦИЕНТА ИЗ СОСЕДНЕЙ ПАЛАТЫ

Кто хоть раз побывал на Луне,
Знает, что там живут селениты.
Это было известно вчерне
Век назад. Хоть Уэллса возьми ты.

Живут, естественно, под луной.
В смысле — в глубине этой планеты.
Нас обходят всегда стороной,
Когда выходим мы из ракеты.

И то сказать: говорить о чем?
Космоплан им чужд, как и карета.
Селенит, обернувшись лучом,
Может лететь со скоростью света.

Интереса к нам с их стороны
Нет никакого. Что им Земля-то?
Впрочем, и мне до этой Луны...
Признаюсь вам... слегка виновато.

Так как бывал там десятки раз —
Ничего интересного, право.
Другое дело, конечно, Марс...
Фобос и Деймос — слева и справа.

У марсиан есть свой интерес:
Наши станции ими посбиты.
Свих Аэлиток уводят в лес,
Целее будут там Аэлиты.

Правильно, честно-то говоря:
Наши — насильники... сквернословы.
Землю свою загадив зазря,
И Марс изгадить они готовы.

Но лес — это так... одни слова,
Лишь подлесок... кустарник прибитый.
Он и на Марсе виден едва —
И кому он послужит защитой?

В общем, есть основанья у них
Чинить препятствия нашим планам.
И в эту тему последний штрих:
Бродил я там по ихним барханам.

Радость та. Но держу про запас:
Аэлиты пригожи... поверьте.
Кто повидал их хотя бы раз,
Тот не забудет до самой смерти.

Тот к ним вернется, преодолев
Силу Земли, молодым ли, старым.
Точно крылатый, сказочный лев...
Не удержать никаким санитарам.

* * *

...Какой-нибудь гнусный Ягода,
Ежов из последних сучат
Хоть год проживут, хоть полгода,
Как в двери и к ним постучат.
Им горы сулили златые —
Обманут, как малых котят.
Какие из шавок Батыи?
От крови сдуревших скогтят,
Как их оправдания жалки...
Так воет затравленный зверь.
На что ордена вам, огарки?
Засуньте их в... сумку теперь.
Их, страх источавших вчера лишь,
Потащат в подвал на расстрел.
Ты их пожалеешь?.. ужалишь?..
А я б про злорадство ли, жалость
И слова сказать не посмел.

* * *

Наш сосед, дядя Саша Ерохин,
Ел в блокаду человечье мясо,
Говорил: Сладкое, как у куры...
Это не выдумка, а портрет с натуры.

Служил тогда на хлебкомбинате,
Где хотят нынче выстроить офис,
Что врастет в землю блокады прочно.
Господи, это не придумать нарочно.

Пацанами мы бегали рядом
С левашовским тем хлебозаводом.
Пахло хлебом, прошедшей войною...
Не дай Бог узреть ее за спиною.

На Зелениных улицах тихо,
И на Барочной, на Левашовском...
Так, что ночью услышишь сквозь слезы,
Как летят на задание бомбовозы.

* * *

Ночь... гроза... Но стихла
                схватка тьмы со светом.
Я обоим им чужой вполне.
Потому что чуть не умер этим летом —
Не до войн небесных было мне.

Вот и эта протекла сейчас по небу.
Разве этот бой я звал сюда?
Недоступен радости и гневу
В мире, где чужой я навсегда.

СОВСЕМ НЕ ПРО ТЕБЯ...

Наша Таня — актрисуля,
Бессердечна, точно пуля,
И жестока, как снаряд...
Белый марлевый наряд.
Выйдет в образе Снегурки —
Одноклассники-придурки
Влюблены в нее подряд.

А не то она — Травинка,
И ее мамаша, Нинка,
Ей строчит наряд иной,
Точно крылья за спиной.
А еще — успеха ради —
Как взлетят тугие пряди
Темной лаковой волной.

Наша Танечка — актриска,
Что не так — и вон из списка!
Сердце — ледяной гранит,
Чувств изящных не хранит.
Точно вылетит на сцену,
Отряхнет оваций пену,
Голос чудно зазвенит.

Кто в конце родился мая,
Ждет того судьбина злая,
Будут маяться оне,
Как на дальней стороне.
Все помрут... и мама Нина...
Жизнь — не мягкая перина,
Пролетела, как во сне.

В чем Татьяна виновата?
Нет квартиры на Марата,

Где та школа?.. первый класс?..
Разом рухнуло... атас...
Где точеная фигурка?
Где Травинка и Снегурка?
Нету вовсе прежних нас.

Промелькнуло всё до срока,
И не Таня — жизнь жестока,
Театр новый за стеной.
Кто тому — ответь — виной?
И совсем иная пьеса,
Выйдет девочка из леса...
Те же пряди... Боже мой!..

Нет, все та же пьеса, право.
Но под крики «бис» и «браво»
Первый ряд... последний ряд...
Выметают всех подряд.
Всех со сцены, всех из зала...
А Снегурке горя мало —
Что ей горестный расклад?

Голос раздается звонко...
Что за глупая девчонка!
Не она глупа, а мы —
Сцены нет и нет тюрьмы,
Нету смерти в этом зале,
Жизнь и та дана взаймы.

Преклони свои колена...
Есть Снегурка, театр, сцена,
Страсть, порыв и в сердце боль.
Жить не хочется? — изволь:
Промелькнут, как на параде,
Эти лаковые пряди,
Эта пьеса... эта роль.

ДЕКАБРЬ В ПЕТЕРБУРГЕ

За шесть часов уходит день ко дну,
Лишь только встанешь, а уже и вечер,
И тьма, что наползает на страну,
Свинцовым грузом давит всем на плечи.

Здесь в Питере, где день за шесть часов
Во мраке растворится без остатка,
В четыре дня — все двери на засов,
Звонят — нас нету — отвечают кратко.

За эти шесть часов — проснись и пой
Хвалу и славу нечисти кровавой,
Лишь чуть стемнеет враз на водопой
Собравшейся за сей хвалой и славой.

А кто не пел — те ставни на окно,
А кто не славил — укрепите двери.
Но все это без толка... все одно:
Воздастся всем по их любви и вере,

Которых — нет, не больше у тебя,
Чем у зверей, сорвущих двери с петель.
И ненавистью душу погубя,
Ты слаб и беззащитен: ты — свидетель.

А, впрочем, ни к чему весь этот сор.
К чему теперь пустое словопренье?
Оставь же бесполезный разговор —
Свидетельствуй... покуда есть мгновенье.

* * *

Будем передвигаться
      лишь маленькими шажками,
Записываться на прием
            всегда к одному врачу,
Или прогулка — или
            покупки в универсаме...
Тебя еще не такому
            впоследствии научу.

Если с утра дождливо,
      сдвинем прогулку на вечер,
Глядим полдня на дождик —
            осваиваем ремесло.
И если ты смотришь «Танцы»,
      тебе возразить мне нечем.
Мы уже пожилые,
      но ведь крышу нам не снесло.

Не обгонять стараюсь,
            но вдруг случится такое,
То есть если уйду я первым,
            ты уж меня прости.
Картинка та еще... Все же
            нас вы оставьте в покое:
Мы медленными шагами
            проходим конец пути.

3

СОЛНЦЕ НЕПРЕМЕННО ВЗОЙДЕТ

ДВА НОЧНЫХ СТИХОТВОРЕНИЯ

1

Только в самом конце
                    понял, как я ее любил —
Женщину, лишившуюся терпения и сил,
Пытающуюся украдкой,
                    на свой риск и страх
Понять что-то важное
                    в нехитрых моих стихах,
В попытке меня
                    удержать на земном берегу,
Пообещавшую маме: Я его сберегу,
В тайной надежде
                    что можно еще так повернуть,
Чтобы пойти нам вместе
                    в последний... нестрашный путь.

2

Помнить о смерти — не значит
                    все время стонать и ныть.
Вспоминать о ней —
                    это лишь тонкая прочная нить.
Это клубок Тезея,
                    возможность вернуться назад,
Когда ты, как пушинка,
                    поплывешь сквозь пространство и над.
Когда знаешь: свет позади,
                    но впереди тоже свет...
Можно еще вернуться...
                    Но об этом и речи нет.

* * *

Надобно сердце иметь
    в жизни реальной стальное.
Если про смерть позабыть,
      то пустяки остальное.
...Руки стальные иметь —
      даже не руки, а крылья,
Чтоб над землею лететь,
      не прилагая усилья.
Даже не сердце... о, нет! —
      рвущую воздух машину,
Чтоб покорять без проблем
      в мире любую вершину.
Людям стальным не нужны
      пища, квартиры, наряды...
Делать хотели из них
      танки, патроны, снаряды.
В сердце стальном не взрастут
      гнева и ярости грозди.
Был идеалом людским
      крепче других люди-гвозди.
Пели об этой фигне
      люди простые когда-то...
С жалостью к ним отнестись
      я попрошу вас, ребята.

* * *

Я проснулся часа в четыре —
За стеной уже дети не плачут,
                    не лает собака,
А с вечера, как заливались, однако.
Даже звенит в ушах, так тихо в квартире.

Не засну, но вставать не буду.
Страхи меня не мучат,
                    ужасы отошли в сторонку.
Чего мне бояться: рвется там, где тонко,
А если тонко везде — сразу повсюду.

А повсюду — это мгновенно,
Значит, не страшно: без слез,
            ложных надежд, жалких страданий
И без пустых сочувственных воздыханий,
Уже так доставших — скажу откровенно.

Покуда писал я в блокноте,
Мне полегчало,
                    и за окном, кажется, посветлело,
Стишки — и не просишь, такое ведь дело,
Помогут при любом судьбы повороте.

Про стихи — отнюдь не примета,
Скорее, простая реальность жизни,
                                ее итога.
Так что, если напрячься чуть-чуть, немного,
Того и гляди — доживешь до рассвета.

* * *

Соседский малыш заплакал,
        встретив меня на лестнице.
Наверное, ангела смерти
        увидел за левым плечом.
А вовсе не стоит бояться
        вестника или вестницу
С кривою восточной саблей
        или рыцарским длинным мечом.

Они совсем не опасные,
        не тронут, кого не надо.
Совсем не для посторонних
        их секретный тревожащий знак.
И те лишь, чей срок приходит,
        печального строгого взгляда
Вестника или вестницы
        не сумеет избегнуть никак.

А этот малыш случайно
        за мною узрел ангелицу:
Она, пожалуй, что вестница —
        мне что-то о том говорит.
Я в детстве чуть-чуть не умер,
        попав ненароком в больницу,
И видел там ангелов смерти —
        я помню, какие на вид.

Такие дети встречаются —
   и видят, чего не надо,
Это проходит... грех думать,
   что ребенок такой — полный псих.
Редко, но попадаются,
   и мир наш для них не преграда.
Такое проходит с возрастом,
   ведь и сам я был из таких.

А малыш старичка не вспомнит —
   растаявшего в эфире,
Что напугал его в детстве...
   Ангел? — ну полная ерунда.
Да... старичка-сочинителя...
   что жил в соседней квартире
И умер назад немеряно...
   вообще, бог знает, когда.

* * *

Будучи атеистом до мозга костей,
Промотавшимся до последней заначки.
Я не жду милостей ни от Бога, ни от властей,
Не жду, не прошу, не вымаливаю подачки.

Вера, по-моему, нечто, вроде травы,
Пробивающейся из всякого праха.
На ничье милосердье не уповаю, увы.
Все меньше во мне надежды... Надежды и страха.

То есть меня можно и засадить в тюрьму —
Мне это будет, в общем, по барабану.
Даже увидев мира изнанку и бахрому,
Я справедливости доискиваться не стану.

Но не все так просто, когда идет война...
И какой уж там атеист под обстрелом?
Здесь и я помолюсь... так оно во все времена
Между жизнью и смертью... прочим нехитрым делом.

* * *

Для меня не в тягость
        простить тебе любое.
Я по тропке узенькой
        шагаю меж огней.
Каждое мгновение,
        согретое любовью,
Больше всей Вселенной...
        несравнимо с ней.

Что бы ни сказала ты,
        вряд ли что-то новое,
Вряд ли обожжет меня
        больше, чем вчера.
Утро смотрит каменно...
        горькое... суровое.
Нет, не мудреней оно.
        Впрочем, мне пора.

* * *

Воспевая все прелести рая,
Распинаясь в любви перед Богом,
Я всего лишь стою у сарая
На участке от века убогом.

Сокрушая все мерзости ада,
Сатану башмаком попирая,
Я ловлю в запустении сада
Хоть какой-нибудь отклик из рая.

Дождь бормочет, меня поливая,
Даже смерть убрала свое жало.
Только мышка в траве полевая,
Слабо пискнув, у ног пробежала.

Жаждал я: похвала и награда,
Ждут меня... пусть хоть малая мета.
Но из области рая и ада
Нет ни отклика мне, ни ответа.

Слышу я, как шоссейная лента
Отдается шуршащим машинам...
Кто я есть, чтоб отметить хоть чем-то?
Или все-таки писком мышиным?..

* * *

В пору юности, знать бы, в каком
Шестьдесят... — и не вспомнить — лохматом.
Цел еще был родительский дом,
Еще были райком и местком,
Где вручали награды ребятам

За ударный и доблестный труд
На картошке и овощебазе.
Каждый выбрал тогда свой маршрут.
Я был тоже по-своему крут,
Но и я был подвержен заразе.

Я ее повстречал... был апрель,
Тут возникла она, как химера.
Я открыл и закрыл свой портфель,
Я был трепетен, точно газель...
И она мне представилась: Вера.

Взгляд острей, чем булатный кинжал,
И прическа — подобье короны.
Я качнулся и чуть не упал,
А в крови бушевал, точно шквал...
Впрочем, что тогда знал про гормоны?

Не хочу вспоминать про «потом»,
Оттянулась на дурне по полной.
Изверженье... пожар и потоп...
Медом жизнь не казалась мне чтоб...
...И над дурнем смыкаются волны.

Весь нехитрый ее арсенал
Был испытан на мне в полной мере.
В общем, так я нашел идеал...
Но стишки-то зачем сочинял
На всю голову тронутой Вере?

* * *

Может, и я в чем-то воин-шаман,
Тоже по-малой камлаю.
Библия мне не нужна и Коран,
Чтобы изгнать бесов стаю.

Что-то в стихах есть такое, чему
Нет объясненья простого.
Бесы не любят их швы, бахрому,
Ритм их и точное слово.

Чем-то пугает их тонкая нить
Строчек, натянутых смело.
Я попытался бы вам объяснить,
Если бы знал, в чем тут дело.

В общем, не знаю я, в чем тут секрет —
Сам я поэт не блестящий.
Видимо, все-таки чувствуют свет,
Не от меня исходящий.

* * *

Нет, ни вернуться, ни все изменить —
Все бы, как есть, и оставил.
Парок я вижу, заветную нить,
Ту, что мне ткали без правил.

Все переврали богини судьбы,
Все перепутали жрицы.
Правильно — я повторю — если бы
Умер я в детской больнице.

Лет так в 12... в Советской стране,
Где всем дышалось так вольно.
И не узнав, что же выпадет мне...
Господи! Мне ведь не больно.

Нет, проходил не хозяином я,
Путаясь вечно в обидах,
Правду изведав и ложь бытия,
Руку сжимая Аида.

Что же теперь-то жалеть... и о чем?
Стал я и грубым, и резким.
Сильным течением я увлечен,
Но, что уж точно, не невским.

Вижу уже Прозерпину саму,
Нить обрезающих Парок
И погружение в вечную тьму...
Тоже не худший подарок.

* * *

Таня ночью глубокой проснулась в слезах.
Никаким не откроешь ключом,
Что во сне приключились за ужас и страх,
И не вспомнить уже нипочем.

Нет, не вспомнить причину для слез никогда,
Стерлась вовсе в дневной суетне.
Может, только на шаг отступила беда,
Промелькнувшая ночью во сне.

Впрочем, что говорить: это все пустяки,
Вспоминать и не стоит — поверь.
Ведь беда, этой ночью коснувшись руки,
Может снова толкнуть твою дверь.

Не приманивай черную армию тьмы,
Вспоминая о ней ясным днем.
Отобьемся с тобою от демонов мы
Не священным, так просто огнем.

Наших предков огонь столько раз выручал
Темной ночью от призраков лжи.
Огонек самый малый — надежный причал,
Ты фонарик на стол положи.

* * *

Несмотря ни на что,
Я смотрю на ничто,
Ощущая ответный взгляд.
И оно — на меня,
Пусть не с первого дня,
Уже семьдесят лет подряд.

Не в гляделки игра...
Мне, пожалуй, пора
Поменяться местами с ним.
Стану тенью его,
Как и был до того...
Все понятно. И мы молчим.

* * *

К Нилу, Гангу... чертям собачьим...
Куда сбежать еще, сердце, вспомни.
С бесами, возможно, побачим,
Ну, а с вами говорить о чем мне?

Обговорено... Нет вопросов.
К гуннам что ли сбежать мне?.. готам?
Видел я этих верных россов,
За пятак продающих всех оптом.

Лучших шлющих в каменоломню,
Пропивших чохом и честь, и славу,
Из века в век, сколько я помню,
Берущих Прагу или Варшаву,

Гнущих шутки свои султану,
На Понт лелеющих свои виды...
Нет, перебирать я не стану
Бесконечные эти обиды.

Забудем... Оставим в покое
Длинный список претензий и страхов...
Где же найти место такое
Без москалей, жидов, хохлов, ляхов?

* * *

Над мировою чепухою...
Александр Блок

Над мировою чепухою...
О да, все так... Конечно, так!
Я дивный мир тебе открою —
Ко мне прислушайся, простак.

Зефиры веют в нем... Зефиры!
От всех земных свободны пут.
И нежным голосом Земфиры
Тебе о неземном поют.

Ты — в простоте — не зришь обмана,
Моей мечтою увлечен,
В тугие струи океана
Направь свой утлый ветхий челн.

И это лучше — между нами —
Чем шить миры на свой покрой...
Ты обливаешься слезами
Над чепухою мировой.

* * *

На садоводческом участке,
В руке сжимая свой стакан,
Ждет самой распоследней ласки
Мне не подобный старикан

От той, что знает понаслышке.
Не строя планы на песке,
Сидит с бутылкой тише мышки,
Скорее, в грусти, чем в тоске.

И он не близок мне, пожалуй,
Мой, даже скажем, антипод.
А все же выпьем с ним по малой...
Да и по-крупному. И вот

Уже кручиниться негоже
От мысли, Господи прости,
Что пусть не братья с ним, а все же —
В одной сжимающей горсти.

* * *

Мастер дзен Хокуин
Жил в лачуге один,
Спал на печке, подобно Емеле.
Приходили к нему
Рассказать что к чему —
Удивлялся всегда: Неужели?

Мастер дзен Хокуин
Знать не знал сладких вин,
И бумаг не носил он в портфеле.
А на выборы — да! —
Не ходил никогда,
Позовут — отвечал: Неужели?

Различал Верх и Низ,
В будни ел постный рис,
Да и в праздник жевал еле-еле.
Не был к глупым суров.
Повстречав докторов,
На советы кивал: Неужели?

Как-то — злой шум молвы —
С ног и до головы...
Про него черт-те что понапели.
Не схватился за плеть,
На печи — что за Сеть?
Улыбнулся он всем: Неужели?

А когда — все дела —
Смерть за Хоку пришла:
Мол, причуды твои надоели.
Он с печурки слезал,
Посмотрел ей в глаза...
И с улыбкой сказал: Неужели?

* * *

Ангелочек в Любашинском парке,
        по-моему, вот, чем хорош:
Он не делает вида, что более,
        чем равнодушный свидетель.
Для него интереса в нас
        ровно на ломаный грош:
Подойдем и потрем ему пальчик...
        ну, право, не дети ль?

Ну, какой в нас секрет?
    Чем отличны от бывших до нас на земле?
Сотни тысяч таких повидал он...
       И что в нас такого? — скажи же.
Может, желудь, всю зиму
       проспавший в подземном тепле,
Для него удивительней...
       даже роднее и ближе.

Что мы знаем об ангелах?..
    их, скажем так, неземном естестве?
Почему этот, маленький,
    должен открыть нам заветный замочек?
Принесли вы носочки? —
       Он ходит по мокрой траве
И босых своих ножек
       вовек никогда не замочит.

Он потупил глаза и внимает вам,
       точно дождям и ветрам...
Этих слез навидался за шесть тысяч лет
       он в большом преизбытке.
Но, мне кажется,
    кто-то подходит к нему по утрам
Уж в совсем распоследней...
       совсем безнадежной попытке.

* * *

Не вспомнить, кем же хотел я стать:
        летчиком или моряком?
Об инженерах думал я тоже,
        но как-то так... мельком.
Космонавтом, конечно, но позже —
        знать о них кто тогда мог?
В общем, на профессии модные
        я заплатил налог.
Считать научился быстро,
        но математика... — что за бред?
Скукотища такая...
        А то ли дело велосипед.
Мог гонять на «велике» с утра и до вечера...
        день-деньской.
А эти бассейны с трубами... —
        На кой они мне?.. на кой?
Ах, да — натурально, разведчиком:
        стрелять... обмануть врага,
Секретный чертеж похитить,
        на прощанье сказать: Ага!..
Родина вручит мне орден,
        я надену красивый мундир,
И стану, конечно, генерал...
        или другой командир.
Валька, соседская дочка, полюбит меня
        (это секрет!)...
...Долго, наверно, смеялся бы,
        если б кто мне сказал: Поэт.

СОЛНЦЕ НЕПРЕМЕННО ВЗОЙДЕТ

Солнце непременно взойдет...
Обложи со всех сторон топтунами,
Правда все равно останется с нами:
Солнце непременно взойдет.

Солнце непременно взойдет.
Ты хоть сотню раз пытайся заново
Выстроить стену, опустить занавес —
Солнце непременно взойдет.

Солнце непременно взойдет.
Пусть все твердят: это чуждая скрепа,
Повторяют, верить в Солнце нелепо —
Солнце непременно взойдет.

Солнце непременно взойдет.
Пиши, что ночи оно не соперник,
Учи детей, что неправ был Коперник —
Солнце непременно взойдет.

Солнце непременно взойдет,
Не убудет у него от навета...
Пусть я уйду, не увидев рассвета —
Солнце непременно взойдет!

ОТПЛЫТИЕ-2

Бог таков, как представишь себе ты,
А ты — нет, ты совсем не таков.
Как и ты, Он читает газеты:
Больше нет, кроме вас, дураков.

Он листает подшивку журналов:
Боже мой, все с ума посошли!
Нет ни чувств, ни святых идеалов
На широких просторах Земли.

Вот ты думал, что ты — сочинитель,
А ты — некий морской капитан.
Надевай белоснежный свой китель,
Твое судно укроет туман.

Ты отправлен исследовать фьорды,
Инспектировать утренний бриз.
Даже лорды... английские лорды
Не вольны отклонять сей каприз.

Потому, как в сознании Бога
Не поэт ты, а вольный моряк,
Так с упорством и пылом бульдога
Ты на карты морские наляг.

Навострил тебя в южное море —
Пропадай за понюх табака
Тайны эти на крепком запоре,
Но не дрогнет Господня рука!

Скажут: да, человек был хороший,
Но поэзию бросил... пропал,
Сгинул где-то за ломаный грошик...
Так и не отыскав идеал.

* * *

Перейдя через некую грань,
Ты свыкаешься с жизнью земною.
Что в ней высшая ценность, что дрянь,
Да и есть ли в ней нечто дрянное? —

Представляешь не так, как вчера...
До тех пор, пока — имя открою —
Ангел Грусти, не скажет: Пора...
И тебя поведет за собою.

* * *

В этом пейзаже нет его. Он исчез.
И, честно сказать, хуже не стало без.
Пусть он знал, что Паскаль прозывался Блез.

И вот он вычеркнут из домовых книг,
Из базы данных. Стал просто отсвет... блик.
Кто теперь вспомнит: жил здесь один старик.

Порою чувствовал он чужую боль,
Не приставал, не потреблял алкоголь.
Стал не привидение, а полный ноль.

И при жизни он не был ничей кумир.
Кто ни уходит — не оскудеет мир.
В этом пейзаже не остается дыр.

Не говорил, что все на свете фигня.
Перед концом царство сменял на коня.
Но это пока еще не про меня.

Из цикла «Новая мифология»

* * *

Повелитель Гипербореи —
Бивни мамонта вместо погон —
На пути в Элам из Кореи
То и дело впадает в сон.

До того так скучал в Пальмире —
Не большой говорить он мастак.
Разговоры о вечном мире —
Скука смертная... это так.

Гриф армейский машет крылами,
Не тревожа почти седока.
Знают грифы дорогу сами,
Эта ноша птице легка.

Вниз глядит на горные плиты
Покоритель ста тысяч племен.
Эти гутии и касситы —
Кто они в потоке времен?

Позабыты напрочь наречья
Государства Чосон и Элам.
Все империи Многоречья
Распадаются в пыль и хлам.

Да и где она — та Пальмира?..
Обрастает льдом грифа крыло.
Быть властителем полумира —
Верю — это так тяжело.

Что ему масштаб наш уездный?
В его шкуру и я бы не влез.
Ничего, кроме грифа... бездны...
Распадающихся небес.

* * *

Поцелуй ручку злодею, да и сплюнь,
Поцелуй... доживешь — наступит июнь.

Будет лето, распахнешь окна и дверь.
А губы твои не отсохнут — поверь.

...Пока что злодей руку свою обтер
И молвил: «Вижу, братец мой, ты — хитер,

Но не обманешь — зрю я тебя насквозь.
Только помни: мы теперь вместе... не врозь.

И живи покедова... Впрочем — ступай...»
Теперь ты уверен — будет месяц-май.

Выйдешь из кабинета — мир потемнел.
Думал, это канавка? — водораздел.

Зато выйдет книжка, отснимешь кино.
Пустяки остальное... всем все равно.

Это главное. Остальное — на кой?
Так оно исстари... ну ты не герой.

Не смелость, а расчет берет города.
Еще — не гляди в зеркало. Никогда!

Приложился к ручке — не значит: холуй.
Да чего там миндальничать? — поцелуй!

* * *

Уж в кого я не верю, так в дьявола.
Впрочем, душу продать ему можно.
На поверхности мысль эта плавала,
Да и мыслью назвать ее сложно.

Очевидней всего очевидного...
Это правда всего лишь нагая.
Зараженья опасней ковидного
Вера в то, что нам Зло помогает.

На картинке дракон, страшный в дерзости,
Холодок пробегает по коже.
В нем ты зришь все пороки и мерзости...
И не видишь в себе их самом же.

Ты, желая богатства ли, славы ли,
Сам способен на козни и пытки.
Только корни, поверь мне, не в дьяволе —
Изнутри... в этой мощной подпитке.

Душу тяжким трудом своим выковав,
Норовишь ее сбагрить задешево.
Вне тебя нет дракона столикого,
Над тобою лишь звездное крошево.

Так господствуй над злом беспрепятственно,
Грех бессилен, и зло так убого.
Звезды в небе мерцают так явственно,
Зло маячит всегда у порога.

Душу можно продать при желании,
Даже с прибылью, пусть небольшою.
Вот и думай, один в мироздании,
Сам решай, что с ней делать, с душою.

ПРОИСХОЖДЕНИЕ ЧЕЛОВЕКА

Из цикла «Новая мифология»

Поначалу жили невидимые астральные мутанты,
Уже после них гиперборейцы, лемурийцы и атланты.
Жили все на севере, юге, жили еще и посередке.
А на востоке и западе плавали одни лишь селедки.
Но все они повымерли, оледенение их достало,
Пока наши дальние предки не придумали одеяло.
Тогда они спрыгнули с баобабов и поперли в Европу,
Одеялом прикрывая свою еще хвостатую попу.
Вот они шли и шли, пели и танцевали под звук напева,
Их прараматерью была некая африканская Ева,
В основном рожавшая дочек для переселения стада —
Адамов этих много ли для сохранения вида надо?
Дочки эти знали, что крысы и мужчины — одной породы,
И те, и те — разносчики чумы, позор матери-природы.
Но тут как-то пошло наперекосяк — скажем почти что матом:
Кончилось в Европе форменным уродливым патриархатом.
С тех пор мы и жили вне истины, зло в нас бурлило и пело...
Пока Е.П. Блаватская не поведала нам, как было дело.

* * *

Наблюдая вокруг идиллию,
   я повторяю: Постой...
Рай, который мы наблюдаем,
    по счету шестой.

Ровно пять катаклизмов
   за полмиллиарда лет
Сформировали наше господство.
   Вот, — говорю, — и ответ.

Что же за вид или раса
   сменит нас на Земле?
А все предыдущие тут же —
   в нефти, газе или угле.

Закон сохранения верен,
   но трудно сказать, что хорош.
Нам от этого пользы —
   чего уж? — на медный грош.

И какой-нибудь насекомый
   пучеглазенький муравей,
Хренов палеонтолог
   невероятных кровей

Копнет своей лопаткой
   мою черепную кость,
улыбнувшись при этом коллеге:
   Это был разум? Да брось...

* * *

Пушкин, убивающий Дантеса, —
Прямо скажем, странный вариант,
Ну, совсем... совсем другая пьеса.
Не позволит слабый мой талант

Написать ее. Мне даже в малом
Нити эти не соединить —
Не с моим умом, моим запалом...
Ускользает порванная нить.

Ты представь, Дантес стреляет мимо,
А Поэт — не мимо: прямо в лоб.
Позабыты письма анонима,
И Дантес без шума сходит в гроб.

Дамы ищут новые сюжеты,
Новый им скандал достань и вынь.
Подрастают новые поэты...
Что-то здесь не сходится... Прикинь:

Лермонтов не пишет «...Смерть поэта»
Не отправлен, бедный, на Кавказ.
Эта историческая смета,
Этот поворотец что припас?

Михаил представлен Александру
И, само собою, — Натали.
Кадр не могу приставить к кадру,
Говорю сюжету; Отвали!..

Но Наталье любы офицеры,
А кругом засилье светских рож.
Ростом мал, но дам влекут манеры...
Пушкин — не Мартынов он, и все ж...

Что же — пристрелить и Михаила?
Надо бы одуматься, но нет —
Лермонтова ждет опять могила,
Вновь в земле, и вновь в расцвете лет.

А напишет кто «На смерть Поэта»,
Заклеймит позором светский круг?
Горы и черкесы не воспеты,
Все накрылось медным тазом вдруг.

Пушкин постригается в монахи,
За молитвой протекают дни.
В келье он, повержен, он во прахе,
А стихи забыты. Что они?

Натали выходит за Ланского —
От поэтов всяких в стороне.
От итога пошлого такого
Как-то неуютно... зябко мне.

Выше написал: талантом слаб я.
Я предупреждал... и вот... и вот
По щеке слеза сползает бабья:
Не поднять мне темы разворот.

За бездарность — вот моя расплата:
Пусть все остается, как и есть.
Пушкин мертв, Дантес отбыл куда-то —
Не в убытке лишь стихи и честь.

* * *

Выйдя на несанкционированный Пенсионным фондом
Остаток жизни, предваряющий вечный покой,
Нет, я не чувствую себя ослепительным Джеймсом Бондом:
Тайный агент 007 из меня ну совсем никакой.

У меня нет оружия... Разве, что перочинный ножик.
Но с ним и перья-то зачинить совсем мудрено.
Думаю, при столкновении меня легко уничтожит
Самый чахлый боец ОМОНа, слабейшее их звено,

Ко мне по суду применима наистрожайшая мера.
Суд, как и всегда, пожалеет уставший конвой.
На Семеновский плац и —
                         гражданская казнь пенсионера:
Пенсионную книжку рвут над бритой моей головой.

* * *

Мне не стать здоровым... богатым...
Жил в тени, и умру я в тени.
Электрическим самокатом
Не воспользуюсь я... ни-ни.

Надо как-то смотреть реальней:
Ну, зачем же пойду я к врачу?
И ни в ближний Космос, ни в дальний
На ракете я не взлечу.

Быть пророком не дал мне Боже,
Но и мне, пусть болтать не с руки,
Кое-что приоткрылось тоже,
Пусть и самые пустяки.

* * *

Лысый, сгорбленный, беззубый старичок —
Это я в зеркале отражаюсь что ли?
Вешалкой никак не попадающий на крючок,
Дед двух оболтусов Пети и Коли.

А им уж за 20... Светила наук...
Старший — аспирант... Ноутбук на коленке.
Полвека назад скажи кто: У тебя будет внук —
Я бы плюнул в его наглые зенки.

Был я уверен, что столько не живут,
Но я-то уж точно избегну позора
Быть старикашкой. А вот я перед зеркалом тут
Стою, повторяя: Вот ведь умора...

Кто этот маленький?.. Уж точно не я.
Я что — действительно уменьшился в росте?
И что они значат — жена, дочка, внуки, семья,
Когда стоишь на последнем форпосте?

* * *

Если умру я — какая печаль?
Мне и не грустно нисколько.
Разве, что Таню немного мне жаль.
Разве, что Таню. И только.

С матерью вместе и вместе с отцом
Лежать под одной плитою.
Таня, уж ты здесь держись молодцом,
Если чего-то я стою.

Это не страшно совсем — ты поверь.
Боялся — больше не трушу.
Только ценою утрат и потерь
Мы все обретаем душу.

Да, только этою горькой ценой,
Нашим последним секретом...
Легкой расплатой и тяжкой виной.
...И что мы знаем об этом?

* * *

Всю бы жизнь в июне прожил, не горюя,
Только это вряд ли... не по Сеньке сбруя.
Не по Сеньке шапка, и тепло, и лето —
Мне в другое место подана карета.
Надо все обдумать... Есть одна идея...
Я очнусь от дремы и спрошу: а где я?
Сосенки у дома, клен, ольху, рябину
Без особой грусти я сейчас покину.
Дальняя дорога даже без повестки.
И не отказаться от такой поездки,
Бросив за спиною домик свой картонный,
Он уперся взглядом в спину — удивленный.
На конечной сходим...
                            Что нас ждет за встреча,
Явно предсказаньям всем противореча?
Неужели некто, пламя изрыгая?
Жизнь перед тобою голая... нагая.

И чего тут скажешь? Мама дорогая!..

* * *

Я сижу в кресле на своем участке,
Здесь бывают гости, но очень нечасто.
В городе — жарынь, ковид, все такое...
Им ведь не скажешь: оставьте нас в покое.
А здесь хорошо, даже когда ненастно.
Можно вздохнуть, и жара не полновластна.
И можно подумать, что — час неровен —
Есть еще время для всяких пустяковин,
И что в жизни все было не случайно...
Надо мною парит озерная чайка.
Я смотрю на нее в робкой надежде,
Что время кончится не раньше... не прежде...

УОЛДЕН-2

Я не построю хижину
    на берегу залива
(Самозахват не заметят:
    уж больно участок мал),
И, значит, не стану жить в ней
    скудно и сиротливо,
Как подобает поэту
    на склоне лет и ума.

Зимой здесь шторма бывают...
    Я не проснусь от страха,
От скрипа мачтовых сосен
    и плеска волн о причал.
Но ветер — всего лишь ветер,
    я — лишь горсточка праха,
Что б этот ветер ни прочил...
    и что бы ни означал.

Я ночью в своей квартире
    слышу ветер и волны.
Особой разницы нету,
    где мысли текут вразброс.
Гляжу в потолок бессонно
    Ночью пришли циклоны
Все те, что ветер с залива
    на побережье принес.

Совсем из меня не вышло
    Генри Дэвида Торо.
Да, собственно, я на это
    отнюдь не давал обет.
Тем более, сэра Генри
    встречу я очень скоро.
...А хижина там, на месте,
    но только меня в ней нет.

* * *

Из жизни ангелов небесных
Приснился мне чудесный сон,
Мне столько слов опасно лестных
Сказал один из них... — мильон.
Им верить на восьмом десятке? —
Он только ангел, а не Бог...
Я сжег все детские тетрадки,
И юности тетрадки сжег.
...Я просыпаюсь, слаб и жалок,
И пепел их парит вокруг...
Сей сон — намек, упрек, подарок?
Послал его мне враг ли, друг?
Слова — навряд ли МНЕ награда...
За что? — за мой безумный стих?
Им верить, — повторю, — не надо,
Пусть даже ангел молвил их.

* * *

Вот стихи... Существа безответные,
Даже жалкие в чем-то до слез.
Подзаборные... полузапретные...
Кто же их принимает всерьез?

Между тем — как дома монолитные,
В них сплавляются строчки в одно.
Как их автор — совсем беззащитные,
Пусть покажется это смешно.

Но не то, чтоб до громкого хохота.
Это был бы большой перебор.
Я из собственных жизни и опыта
О стихах здесь веду разговор.

Стих примите, всю зыбкую речь его,
Или шлите, известно куда.
Мне добавить к нему, в общем, нечего,
И теперь это ваша беда.

* * *

Не началась война — и радуюсь,
И улыбаюсь, в небо глядя.
Как незаслуженной наградою...
Подумать-то — чего же ради?

Ведь ни на шаг в свои узилища
Не отступила, дышит в спину.
За ней стоит такая силища,
Корнями уходя в былину

О братьях Авеле и Каине.
Все движется своим порядком.
И что угодно — не раскаянье
Мир держит в равновесье шатком.

17.02.2022

* * *

Мне отец говорил, что война — кровь и грязь,
И другие отцы — своим детям.
Мы не верили: странно... какая же связь
Между нашей Победой и... этим?

Я не верил: война — это подвиг в бою,
Враг, бегущий знамена теряя.
Над могилой отца я в молчанье стою —
Умер папа 9-го мая.

Вижу снова — тоскливая жгучая боль —
Как сгущается сумрак над миром
В повторении вечном. Не скажешь: Уволь!..
Взять бы сил, чтоб не стать дезертиром

В этой новой войне. Как последний редут
Эта вечная фраза отцова.
Наших внуков уже на закланье ведут,
Чтобы кровью замазать их снова.

Разве скажешь Создателю: «Нет, не сейчас,
Дай дожить... убери этот морок...»
Принимай Божий Мир безо всяких прикрас,
Без условий и без отговорок.

Принимай... отвергай, как он есть — целиком,
Под оркестр, под военные песни.
Слышишь залпы салюта — и падай ничком.
Умирай... и с рассветом воскресни.

Мне отец говорил... я не верил ему.
Как все это кончается скверно.
Нераскаянный я погружаюсь во тьму,
Где его я не встречу... наверно.

* * *

Скифы боялись, что небо рухнет на землю,
А уж кому — им-то присуща была смелость.
Страх их всем сердцем, всею душою приемлю:
Может рухнуть... Это как два пальца уделать.

Это даже без ракет и ядерной бомбы.
Вижу Землю в густом ядовитом тумане.
Впрочем, может, уйдем мы в метро... катакомбы,
Будем жить там, точно первые христиане.

Но уж наверняка без любви их и веры,
Переполняясь злобой до самого края.
Будем резвиться как юные пионэры,
Голыми задницами в темноте сверкая.

Ни электричества, ни кондиционеров...
Звезды видеть только из глубоких колодцев.
Вспомнил не зря этих гребаных «пионэров»:
Будем и мы — типа новых первопроходцев,

Тоннели роющих во все стороны света
С энергией, столь яростной, сколь бесполезной,
Дьявол прикажет, увидев в ужасе это —
Ад отгородится от нас стеной железной.

Впрочем, и подземелья загадим мы тоже,
Так что потолки рухнут от грязи и пыли.
Больше не медли, Господь, покарай нас, Боже,
За все то, что с миром Твоим мы сотворили.

АНТИВОЕННОЕ

В саду есть место не для всех.
Вот яблоня теснит орех,
А слива в угол жмет малину —
Но не стреляет клену в спину.

Рябины ствол из огнемета
Не поразит жестокий кто-то:
Ни клен, ни елка у сарая —
Им мысль и не придет такая.

В крыжовник не пульнут ракету,
Чтобы призвать его к ответу.
Свой как-то усмиряют норов
Без грозных нот... переговоров.

...Теснят, но не считают лишними.
И сосны не воюют с вишнями.

* * *

Те, кто уехали раньше и ныне —
Рай там, чистилище, ад.
Тамошний хлеб, может, горше полыни —
Нет, не вернутся назад.

Пусть потекут реки медом и млеком.
Нету земли позади.
Надо совсем быть пустым человеком,
Чтобы их ждать. И не жди.

Вот не летают уже самолеты,
И не идут поезда.
Что тут кручиниться? Что же ты? Что ты?
Завтра поймешь все... о, да!

Завтра дойдет, что и эта разлука
Самой последней сродни.
Нет, не больнее других эта мука:
Все мы на свете одни.

Не из гранита, нет, не из стали —
Мне ли судить бедолаг?
Те, кто уехали, те, кто остались,
Главный свой сделали шаг.

СЕННИК

Я сенник свой воздвиг
                из сучьев, палок, веток,
Он высоты достиг второго этажа.
На мой прямой вопрос
                он дал мне сто ответов.
Я перед ним поник, от дерзости дрожа.

Он в сумраке стоит
                в тени, в углу участка,
Где ежики живут, и белочка гостит.
Он слушает меня, но говорит нечасто.
И больше шепотком,
                весь мрачноват на вид.

Переживет ли он?.. Меня уж это точно.
А дальше наплевать...
                а дальше — тишина.
Стишок он мне послал,
                но это не нарочно.
Твердит он мне навзрыд:
                сума, тюрьма, война.

21.08.2022

СОДЕРЖАНИЕ

3. СОЛНЦЕ НЕПРЕМЕННО ВЗОЙДЕТ

ВАЛЕРИЙ СКОБЛО

ОТПЛЫТИЕ

ISBN 978-1-387-53296-4

Издательство «Litsvet» (Торонто)

http://litsvet.com/
litsvetcanada@gmail.com

2022 г.